月半公主

文／須文蔚；圖／蔡佳玲

創作緣起

　　北埔國小的小朋友在「新城數位機會中心」輔導下，曾經以青石公的神話，辦過畫展，拍過短片，一個傳說反覆敘說，有可能追憶即將逝去的自然景觀或原住民文化，也有可能希望外鄉遊客相信石頭上有魂魄，不要隨意撿拾帶走石頭，還七星潭一個自然的風貌。

　　2016年的夏天，陳恒鳴先生傳來小朋友蒐集的「青石公傳說」，故事很簡單，也很童稚：

　　　　傳說在很久……很久……以前美麗的加禮宛山裡，住著一條修練千年的青龍。而在這附近住著一位獵人與他的美麗的妻子，青龍被這美麗的女子吸引，於是化身為大鵬鳥去引誘獵人的追捕，後來獵人不小心失足墜谷而死，青龍於是喬裝為獵人，心想終於可以跟喜歡的人廝守在一起。

　　　　後來聰慧的獵人妻子起疑心，發現丈夫變成一條青蛇，終於識破了青龍的身分，於是慌張向長老報告，長老率領大家一起去追捕青龍。後來青龍逃往海邊的方向，變成一顆大青石，同時發出七道光芒直射天際，於是這海灣就稱為七星潭。

　　　　青龍心中覺得對獵人、獵人妻子及鄉民有愧，以互古不變的守護來懺悔。據說天氣不好時，大青石會發出紅色光警告附近漁民，青石的預報天氣很準確，因此七星潭居民稱它為「青石公」。

　　此則敘事作為七星潭生成傳說，恐怕也不無問題。根據清朝的《臺灣輿圖並說臺灣後山總圖》裡，七星潭是數個星羅棋布的池塘，錯落在現今花蓮航空站、空軍基地與國立東華大學創新研究園區一帶。直至1936年，日本殖民政府為了興建機場，因應太平洋戰爭，於是將七星潭填平，並將居民強遷到現在的海岸，村民不忘舊名，以潭水為海灣命名，恐怕與青龍的七道光芒無關。但青石矗立在海岸，雖然曾居住在此撒奇萊雅族人已遠去，能否以月牙般的海灣為美人，寫下一則貼近地方

風土的傳說，供有意製作繪本的蔡佳玲老師參考，於是有了創作《月牙公主》的動機。

寫作時，參考了劉秀美老師《火神眷顧的光明未來：撒奇萊雅族口傳故事》一書，其中有關「老鷹叫聲的由來」，以及「芭蕉變成人」、「加禮宛山曾經受傷，留下白色聖石」等傳說，更豐富了這個故事的內涵，在此應當要特別致謝。

新版本故事創作完成後，在劉秀美教授建議與審訂下更周延，以及胡美芳老師編纂撒奇萊雅族語教材豐富了內容，莊國鑫老師也為撒奇萊雅傳說編排新的舞碼，讓《月牙公主》有更多元的展演形式。最要感謝花蓮縣在地方文創協會奔走，爭取到花蓮縣文化局108年度社區營造三期及村落文化發展計畫補助，及秀威出版社宋政坤總經理與編輯部鄭伊庭經理的支持，這本繪本才有正式出版的機會。

2017年花蓮遭逢了大地震，七星潭災情嚴重，相信以花蓮人強韌的性格與能量，會很快回復海岸的景觀，讓遊客重新來此聆聽月牙公主的歌聲，以及體會青石公的深情。

須文蔚

作者簡介｜須文蔚

詩人，現任國立東華大學華文文學系特聘教授，花蓮縣數位機會中心主任，教育部「普及偏鄉數位應用計畫」推動辦公室主任，《新聞學研究》（TSCI）副主編，台灣文學發展基金會董事。東吳大學法律系比較法學組學士、國立政治大學新聞研究所碩士、博士。創辦台灣第一個文學網站《詩路》，是華語世界數位詩創作的前衛實驗者，集結創作與評論在《觸電新詩網》。曾任東華大學研發長、《創世紀》詩雜誌主編，《乾坤》詩刊總編輯等。曾獲得國科會89年度甲種研究獎勵，國立東華大學101學年度延攬及留任國內外各類頂尖人才學術獎勵、102、104學年度研究優良教授，以及兩屆全校教學優良教師。出版有詩集《旅次》與《魔術方塊》、文學研究《台灣數位文學論》、《台灣文學傳播論》，編著報導文學《台灣的臉孔》、《烹調記憶》等。

繪者的話

　　2015年新城圖書館故事媽媽來北埔國小說故事，說了兩段關於七星潭的傳說〈月牙公主的淚石〉和〈青石公〉，這跟自己居住土地有關的故事我們從未聽說過，故事都跟石頭有關很迷人，師生聽得很入神。兩則故事背景並沒有特別說明屬於哪一個族群的文化？讓聽者多了許多想像的空間想深入了解，上網搜尋卻找不到相關資料，原來只限於七星潭一帶耆老的口傳，於是有了將故事視覺化的動機。

　　2016年在新城數位機會中心的支持下有了「故事花園計劃」，將〈月牙公主的淚石〉和〈青石公〉由我負責教學帶領親子一起創作繪本，並在松園別館展出成果，展出前幾天發現部分作品顏料被蟑螂啃食，迅速進行修補，覺得將故事數位化有其必要性。這想法獲得宜花數位機會中心的支持，順利進行拍攝七星潭紀錄片與動畫片，並邀請台北張淑滿老師來教我們製作動畫。我帶領學生到七星潭社區收集資料及訪談耆老，捕魚四十餘年的阿伯關先生證實這些美麗的傳說，青石公也確實存在，綠色巨頭依然聳立在七星潭岸邊，更具紀錄的價值。

　　文學家須文蔚老師，將月牙公主和青石公兩個故事融合在一起，美麗的傳說在他筆下更加真實，文字生動傳達撒奇萊雅文化，我很幸運參與繪製繪本，有了很完整的文本可依據。七星潭是花蓮著名的觀光景點，是許多國內外遊客必訪的景點之一，海岸的石頭常被觀光客夾帶回去當紀念品而漸漸流失。藉著繪本與影片讓更多遊客理解七星潭的特色及文化，該帶走的是美麗故事而不是石頭，留下石頭才能獲得更多的幸運和祝福。

繪者簡介｜蔡佳玲

　　生於高雄，國立東華大學視覺藝術教育碩士班畢業，被花蓮的土黏住，在荒蕪的藝術教育田裡，一荷一鋤默默耕耘，游耕在各國小之間的視覺藝術教師。

月牙公主在海灘上彎著腰，長髮梳過水面上的雲朵，
隨著捕魚歌的節奏，撿拾貝、螺或海膽。她的歌聲是
沁涼的，讓揮汗撈魚的婦女一起唱和著：

捕魚吧！
一起來捕魚吧！
一起來彎腰捕魚吧！
一起來彎腰舞蹈捕魚吧！

和聲吸引了海鳥撲翅，驅走了溽暑。

一隻藏青色的大冠鷲搧著氣流，雙翅各挪移了
一朵白雲，像張開兩把傘，為月牙公主遮蔭。

「月牙公主總是曬不到太陽！」

「大冠鷲日日來守護她，一定是愛上了她？」

這些笑語傳到月牙公主的耳中，她抬起頭望見雲端展翅漂浮的大冠鷲，對他笑了一下。

大冠鷲銳利的眼神，突然溫潤了起來，原本靜靜任由氣流漂浮的身軀矯捷了起來，如急流漩渦翻轉了幾周，又俯衝到海面，伸出爪子，像是輕吻一朵浪花後，再急速高飛。

大冠鷲如神龍的飛翔，月牙公主和眾人都放下手上的藻草與漁獲，興奮地觀賞著。

「這鷹是為月牙公主表演嗎？」

「任誰都會愛上月牙公主，她有夜鶯的
　歌喉，還有水鹿的眸子。」

「可是月牙公主已經有了丈夫，馬躍是
　勇敢的獵人。」

聽見了馬躍的名字，大冠鷲發出了一聲低沉的雷鳴，
放著身軀讓雲與風推送，往西邊的加禮宛山飛去。

晚餐時，月牙公主向馬躍說起了大冠鷲離去時，
發出如雷響的聲音。

月牙公主感到奇怪：「大冠鷲平常都像哨子一樣，在雲端上鳴叫，今天好像打雷一樣吼叫，真奇怪？」

馬躍說：「那真怪異，大冠鷲不都是叫著：『娃娃哭！娃娃哭！』」

不等月牙公主發問，他接著說：「聽說有一年雨季很長，大冠鷲沒有辦法覓食，只能忍痛吃了雛鳥，從此他們的叫聲就變成這樣，妳會不會聽錯了？」

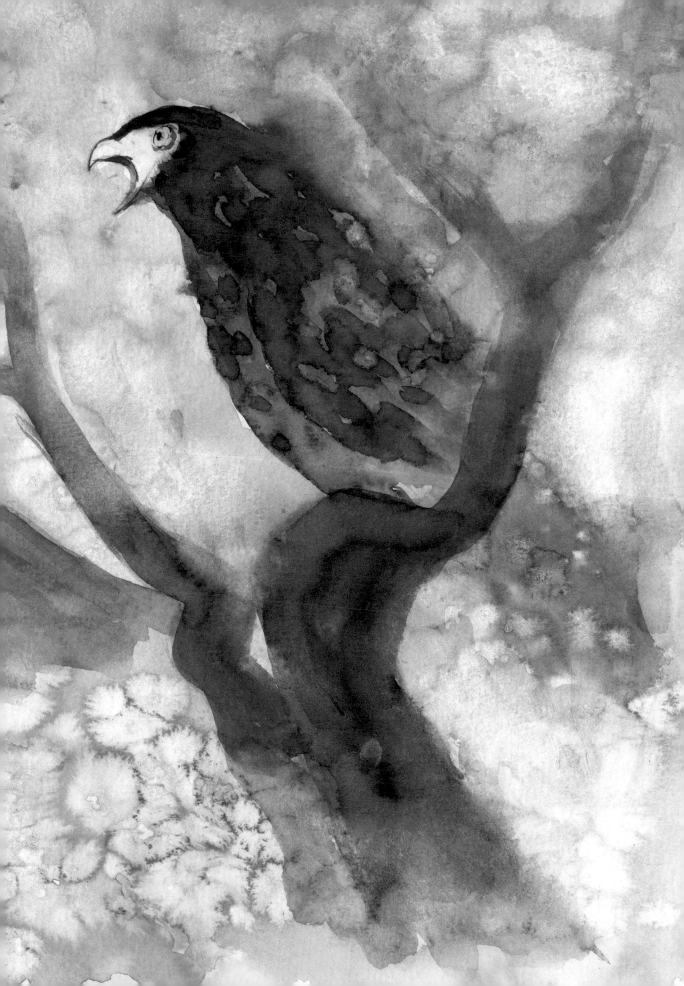

「可是，今天聽到的是轟隆隆的聲響，
和昨天夢裡聽見屋簷下的柴火鬆散，
滾落一地的聲音一模一樣。後來夢裡，
家中就擠滿了撿木柴的親友。
我好害怕，馬躍，
那代表什麼意思？」

馬躍心裡開始犯嘀咕，老人家在夢占解釋時說過，
柴薪散開，代表失物，家中人多熱鬧，恐怕有人過世……，
他故作鎮靜地說：「沒事的，親友來協助與幫忙，
大吉大利，天色不早，明天還要打獵，早些休息吧！」

正當月牙公主熟睡時，加禮宛山裡，大冠鷲搖身一變為青龍，
現出了原形。他顯得無比的失落，
自己也不知道為什麼，自從一個月前聽到月牙公主的歌聲後，
總是天天想要見著她，於是日日化身為鷹，盤旋在部落上空，
只要月牙公主一現身，他就心安了。

但聽到月牙公主和馬躍已經成婚的消息，讓他心臟好像給掏出了。
呼吸著星星冰凍的空氣，千年來習慣的孤寂讓他更寒冷，
心中湧現出了一股恨意。

失眠的馬躍，彷彿聽見加禮宛山
隱隱響起雷聲。他在黎明時，帶
著弓箭，溯著須美基溪，搜尋著
山羌、野兔、梅花鹿或是山豬的
蹤跡。

突然一隻大冠鷲無聲無息撲向
他，由於完全沒有防備，鷹爪抓
傷了他的臉，馬躍敏捷地抽出腰
刀，側身劈向敵手，猛禽也只能
躲開後，往山巔飛去。

馬躍縱身高過頭頂的芒草間，一陣奔跑後，
在懸崖邊拉滿弓，一箭射中大冠鷲的左翼，
讓牠失速下墜到密林。

得意不已的馬躍，不知道這是青龍設下的陷阱，他無懼於瀑布的水勢，攀爬山岩，穿過湍急的溪流，追捕獵物。

就在獵人們經常烤火與休息的平台上，他忽然看見月牙公主佇立在一塊向著大海的稜線處上，不斷流著淚，正要縱身向雲海。

他大驚失色，飛撲而去，伸手一抓，握住的竟是一株芭蕉的葉子，收不住奔跑的氣力，馬躍像飛鼠般從樹梢跳向空中，腳下的灌木、泥土與碎石突然消失，數百米之下溪流閃爍著刀刃般的冷光。

他的靈魂從頭頂飛出，看見一條青龍接住了他的軀體，緩緩
降落溪畔，一瞬間青龍化作一縷煙霧，占據了馬躍的身體。

青龍化身的馬躍在溪邊洗去臉上的血，緩步
往部落走去。月牙公主一早起床就沒見著丈
夫，看見他負傷歸來，很擔憂地問：
「馬躍受傷了嗎？會留下傷疤嗎？」

「我剛去加禮宛山狩獵，山都曾經受傷，留
　下白色聖石，既是疤痕，也告訴我們要堅
　強，沒關係的。」

月牙公主抱住丈夫，他左手雖沒有傷口，卻
感到一陣巨痛，加上青龍在山中孤獨數千
年，從來沒有和其它生靈那麼纏綿地親近，
於是用力掙脫了妻子，這讓月牙公主感到很
錯愕。

青龍看到了月牙公主的不解，他更感到惶恐。

「我只是想陪伴她，傾聽她的歌聲……」
「我只是想保護她，望見她的笑容……」
「我只是想守候她，抹去她的眼淚……」

青龍心裡有著千百種想法，他開始懷疑自己的愛，
當轉變成占有的私心時，其實已經不是本來的愛戀，
而他沒來由的恨，顯得更為可笑。
加上他從未踏進人類的屋宇，燭火讓他畏懼，
衣服綑綁了他，被褥窒息了他，加上受了箭傷，
法力一絲一絲流失，就在月牙公主忙著煮晚餐時，
他變身為一條赤尾青竹絲，想要悄悄從門口溜走。

月牙公主疑心丈夫神情、語言和姿態都無比怪異，一邊生火，
一邊偷偷望著丈夫，不意看見了丈夫身上先發出一陣青光，
再幻化成一條青蛇，如閃電般往門外竄去。

她趕緊敲起鍋子，發出警訊，召喚勇士們一起追捕蛇妖。

日頭西下的湛藍海岸線，天空如藍寶石，雲朵如火焰，一路從清水斷崖延燒迤邐到海邊。青蛇躲進高地的草叢中，長老率領了勇士，用火炬焚燒野草與灌木，勇士揮舞長刀，獵狗吼叫威嚇。

一剎時青蛇往天空中飛起，
隨著煙霧，幻化成一條青龍，
左側的身體淌著血，雙眼流著淚，
作勢往加禮宛山的方向逃逸。

族人雖然畏懼，
在長老勇敢與堅定的指揮下，
齊力拿起弓箭，在暮色中，
數以百計的箭矢射向青龍。

傷重的青龍發出雷鳴般的低吼，低頭看見月牙公主牽著獵狗，憂傷落淚，他突然知道自己最好的歸宿不在山裡，而是在海邊。他縱身跌入海裡，變成一塊青石，可以日日聆聽捕魚歌。

月牙公主回到家中，看見馬躍由昏沉轉醒，他氣若游絲地說：「月牙公主，妳在就好。我看到妳倚偎著白雲，像隻藍鵲，作勢要飛，我伸手抓住妳，然後我就睡著了。」

「那只是夢，你生了一場病，不怕，病好了。」

馬躍聽見月牙公主溫柔的聲音，就安心地進入夢鄉。

月牙公主望見遠方的海面上，
大青石隱約散放湛藍的光芒。
她知道，這光芒將守護著她，
守護著她的子子孫孫。

撒奇萊雅族神話與歌謠

撒奇萊雅族是2007年1月17日由台灣官方承認的第13個台灣原住民族。花蓮古稱「奇萊」，奇萊二字是「Sakiraya——撒奇萊雅」的諧音。

「撒奇萊雅」世居花東縱谷北端，分布於今天新城、美崙平原與海岸一代，因此同時以農業、漁業以及狩獵維生，因此傳統歌謠中《捕魚歌》，一直流傳到今日。

「老鷹叫聲的由來」的神話，由來已久，傳說過去老鷹和人的語言是相通的。有一天天氣很好，一位長者上山工作鋤草，聽到天空有哭聲，他看到一隻大冠鷲哭著說：「我的孩子～我的孩子～」，長者就問大冠鷲：「你為什麼哭呀？」牠說：「因為這幾天連續下大雨，我沒有辦法出去捕食獵物，後來只好把我的孩子吃掉了。天氣變好了，我又有獵物了，但是孩子已經被我吃了，我很難過，所以我哭。」大冠鷲的聲音就是「娃娃哭、娃娃哭」，就是這樣來的。

「芭蕉樹為什麼長在河邊」的神話中，芭蕉本來是人類，是個美男子，但他非常自戀，常常到水邊去照自己；他很喜歡自己，每天到水邊一定要看看自己。有一天他看著就不想離開了，覺得自己很美，長年累月就成了一顆芭蕉樹了。

在故事中，提到的加禮宛山曾經受傷，留下白色聖石，源於清兵火攻達固湖灣的戰役，在1878年面臨滅亡的時候，怕清兵追殺，逃亡到加禮宛山區上面，山區瀑布上有一個平臺，族人便在那裡躲藏了大概7、8個月的時間，後來等到戰爭平息之後，才下山回到撒固兒部落（Sakol，今國福里）居住。在加禮宛山山上有一塊白色的石頭，是神的印記，被稱作「比勒大滋」，意指「受傷的留痕」，撒奇萊雅族因而將加禮宛山紀念為「聖山」。

tayda(tayza) i sauwac ci Kalang a mikalang.

▶ *Kalang*（人名）去溪邊抓螃蟹。

tayda(tayza) i bayu ci Buting a mibuting.

▶ *Buting*（人名）到海裡捕魚。

tayda(tayza) i bayu ci Tuku a mituku.

▶ *Tuku*（人名）去海裡撿海螺。

lilis nu bayu ci Pudaw a micadiway tu pudaw.

▶ *Pudaw*（人名）在海邊網魚苗。

matineng ci Padakaw a mipadakaw.

▶ *Padakaw*（人名）會抓虷蜢。

單｜詞｜練｜習

kalang	螃蟹	Kalang	（人名）	mikalang	抓螃蟹
buting	魚	Buting	（人名）	mibuting	捕魚
tuku	海螺	Tuku	（人名）	mituku	撿海螺
pudaw	魚苗	Pudaw	（人名）	tayda(tayza)	去
sauwac	溪邊	bayu	海	lilis nu bayu	海邊
padakaw	虷蜢	Padakaw	（人名）	mipadakaw	抓虷蜢
micadiway tu pudaw	網魚苗				

mikulang ci Kulang ayda(ayza) a demiad.

▶ *Kulang* 今天去採芥菜。

idaw(izaw) ni palumaan ni Tubah tu tubah.

▶ *Tubah* 有種地瓜。

manamuh mukan tu daung ci Daung.

▶ *Daung* 喜歡吃樹豆。

tayda(tayza) mitamulak i umah ni Tamulak.

▶ 去 *Tamulak* 的田裡採南瓜。

u tali ku sakabalaki ci Tali.

▶ *Tali* 他是吃芋頭長大的。

單｜詞｜練｜習

kulang	芥菜	Kulang	（人名）	mikulang	採芥菜
tubah	地瓜	Tubah	（人名）	paluma	種
daung	樹豆	Daung	（人名）	mukan	吃
tamulak	南瓜	Tamulak	（人名）	mitamulak	採南瓜
tali	芋頭	Tali	（人名）	sakabalaki	長大的
idaw(izaw)	有	umah	田	ayda(ayza) a demiad	今天

sasatunuden(sasatunuzen) ni Panay ku panay.

▶ *Panay* 用糯米是用來做麻糬的。

i luma' ci Sabak a mipili' tu sabak.

▶ *Sabak* 在家裡挑穀粒。

amana piliwan sa ci Pusak tu pusak i kaysing.

▶ *Pusak* 說不要留飯粒在飯碗上。

misalami' tu sakalahuk ci Lahuk.

▶ *Lahuk* 中午在煮菜。

u Lipun ku ama ni Lipun.

▶ *Lipun* 的爸爸是日本人。

單│詞│練│習

panay	糯米	Panay	（人名）	sasatunuden(sasatunuzen)	做麻糬
sabak	穀粒	Sabak	（人名）	mipili'	挑選
pusak	飯粒	Pusak	（人名）	kaysing	飯碗
lahuk	中午	Lahuk	（人名）	misalami'	煮菜
Lipun	日本	Lipun	（人名）	ama	爸爸
luma'	家	amana	不要	sakalahuk	午餐時間

maydih dada pacabay ci nidaan(nizaan).

▶ 只是想陪伴他

mitengil tu dadiw nu nida(niza),

▶ 傾聽他的歌聲

maydih dada paading ci nidaan(nizaan).

▶ 只是想保護他

miadih(miazih) tu tawa nu nida(niza).

▶ 望見他的笑容

maydih dada mihalhal ci nidaan(nizaan).

▶ 只是想守候他

misipu tu lusa nu nida(niza).

▶ 抹去他的眼淚

單｜詞｜練｜習

maydih	想	dada	只是	pacabay	陪伴
mitengil	傾聽	dadiw	歌聲	nida(niza)	他
paading	保護	miadih	望見	tawa	笑容
mihalhal	守候	misipu	擦；抹去	lusa	眼淚

兒童文學49　PG2350

月牙公主

指導單位／文化部、花蓮縣政府、花蓮縣文化局、教育部資訊及科技教育司
執行單位／花蓮縣在地方文創協會
合作單位／宜蘭縣及花蓮縣數位機會中心、新城數位機會中心
顧　問／劉秀美
作　者／須文蔚
繪　者／蔡佳玲
教材設計／胡美芳
企劃編輯／陳恒鳴、吳貞育
責任編輯／陳慈蓉
內文完稿／莊皓云
封面完稿／王嵩賀
版面設計／顏艾倩
封面題字／陳世憲

出版策劃／秀威少年
製作發行／秀威資訊科技股份有限公司
114 台北市內湖區瑞光路76巷65號1樓
電話：+886-2-2796-3638
傳真：+886-2-2796-1377
服務信箱：service@showwe.com.tw
http://www.showwe.com.tw

郵政劃撥／19563868
戶名：秀威資訊科技股份有限公司
展售門市／國家書店【松江門市】
104 台北市中山區松江路209號1樓
電話：+886-2-2518-0207
傳真：+886-2-2518-0778

網路訂購／秀威網路書店：https://store.showwe.tw
　　　　　國家網路書店：https://www.govbooks.com.tw
法律顧問／毛國樑　律師

總經銷／聯寶國際文化事業有限公司
地址：221新北市汐止區康寧街169巷27號8樓
電話：+886-2-2695-4083
傳真：+886-2-2695-4087

出版日期／2019年11月　BOD一版　定價／380元
ISBN／978-986-98148-0-5

秀威少年
SHOWWE YOUNG

國家圖書館出版品預行編目

月牙公主 / 須文蔚文字 ; 蔡佳玲繪. -- 一版. -- 臺北市 :
秀威少年, 2019.11
　　面 ;　公分. -- (兒童文學 ; 49)
BOD版
ISBN 978-986-98148-0-5(精裝)

863.59　　　　　　　　　　　　　　108015717

讀者回函卡

感謝您購買本書，為提升服務品質，請填妥以下資料，將讀者回函卡直接寄回或傳真本公司，收到您的寶貴意見後，我們會收藏記錄及檢討，謝謝！
如您需要了解本公司最新出版書目、購書優惠或企劃活動，歡迎您上網查詢或下載相關資料：http:// www.showwe.com.tw

您購買的書名：_____

出生日期：_____年_____月_____日

學歷：□高中 (含) 以下　　□大專　　□研究所 (含) 以上

職業：□製造業　□金融業　□資訊業　□軍警　□傳播業　□自由業
　　　□服務業　□公務員　□教職　　□學生　□家管　□其它_____

購書地點：□網路書店　□實體書店　□書展　□郵購　□贈閱　□其他

您從何得知本書的消息？

　　□網路書店　□實體書店　□網路搜尋　□電子報　□書訊　□雜誌

　　□傳播媒體　□親友推薦　□網站推薦　□部落格　□其他_____

您對本書的評價：（請填代號　1.非常滿意　2.滿意　3.尚可　4.再改進）

　封面設計____　版面編排____　內容____　文／譯筆____　價格____

讀完書後您覺得：

　□很有收穫　□有收穫　□收穫不多　□沒收穫

對我們的建議：_____

_____

_____

_____

11466

台北市內湖區瑞光路 76 巷 65 號 1 樓

秀威資訊科技股份有限公司 　　收

BOD 數位出版事業部

....

（請沿線對折寄回，謝謝！）

姓　　名：_____　年齡：_____　性別：□女　□男

郵遞區號：□□□□□

地　　址：_____

聯絡電話：(日) _____　(夜) _____

E-mail：_____